Pie Grande
La leyenda detrás del mito

Michael J. Egbert

ISBN impreso: 979-8-3303-6562-3

Este libro está dedicado a mis hijos. Que siempre vean el mundo como puede ser.

Cada criatura tiene una historia que contar. Sin embargo, algunos creen que no vale la pena escuchar esas historias. Se trata de una lamentable anomalía que se encuentra en el cerebro humano. Se produce cuando una persona cree que otra no merece su tiempo. Lamentablemente, para estas pobres almas, esos cuentos valen menos que el papel en el que están escritos.

Algunos pueden considerar que esta historia es un ejemplo de este tipo de relato. Para ellos, hojear estas páginas sería un ejercicio inútil. Sin embargo, ninguna historia podría ser más valiosa que la que se refiere a la criatura conocida como Bigfoot.

Debido a este inconveniente, Quincy se vio obligado a mirar hacia sus cuatro hermanos mayores en lugar de descubrir lo que le esperaba. Como sucede con cualquiera que se queda mirando hacia otro lado ante los obstáculos que tiene delante, Quincy se vio expuesto a las mismas cosas que lo harían tropezar. Lamentablemente, su madre no fue un consuelo. A menudo, ella le recordaba a Quincy sus defectos y su deseo de que fuera más como sus hermanos.

Fue una vida solitaria. Quincy parecía fracasar en todo lo que hacía. Lo que empeoró las cosas fue que su familia comenzó a no tener expectativas sobre él. Lo veían como alguien que nunca lograría nada. En ocasiones, los cuatro hermanos discutían entre ellos sobre quién se quedaría con él. Cada uno creía que Quincy iba a necesitar su ayuda durante el resto de su vida.

Mientras sus cuatro hermanos se enfrentaban a esta realidad pendiente, el resentimiento que sentían hacia él crecía. Cada día les brindaba a sus hermanos nuevas oportunidades para burlarse de él y atormentarlo. Quincy no recordaba la última vez que encontró alivio en la granja de su familia. Creía que sus días allí estaban contados.

Para Quincy, no había forma de seguir viviendo de esa manera. Seis meses después de cumplir dieciocho años, decidió abandonar la granja de su familia y se propuso demostrar su valía como hombre. Sin embargo, una afirmación más precisa sería: "Se fue para demostrarle su valía a su familia".

El problema de emprender una tarea de este tipo es que no hay muchas formas de demostrar que se es un hombre. Quincy viajó al este, hacia la gran ciudad de Chicago, con la esperanza de encontrar un trabajo que se ajustara a sus necesidades. Antes de bajarse del tren, Quincy comprendió que no había muchas posibilidades de encontrar un trabajo así, ni ningún otro. Era la época de la Gran Depresión y, para un joven de dieciocho años, los problemas del mundo parecían muy lejanos. A Quincy le parecían asuntos pequeños e insignificantes, hasta que estos problemas se convirtieron en los suyos.

Mientras estuvo en Chicago, pasó todos los días fuera de la oficina postal con la esperanza de encontrar trabajo. En un costado del edificio había un tablón de anuncios que permitía a las empresas publicar anuncios de empleos disponibles. Después de pasar una semana en la ciudad, Quincy comenzó a comprender su error en esa decisión.

El día que estaba a punto de regresar a casa, apareció un cartel que le llamó la atención. Desde que llegó a Chicago, Quincy se había acostumbrado al ritual de los hombres que vitoreaban cada vez que llegaban a un destino. La causa de esta rutina se ha desarrollado con el tiempo y es el resultado de que los hombres se familiarizan entre sí. Su relación les ha permitido saber quién era el más adecuado para el destino del día. Hay un coro de vítores que sigue a cada posible vencedor cuando deja a sus camaradas, pero no esa mañana.

Esta mañana se despertó un tipo de reacción diferente. En lugar de entusiasmo, la multitud comenzó a murmurar sobre la publicación de la mañana. Cuando se acercó al tablero, Quincy escuchó a algunos de ellos decir: "Qué descaro el de ese tipo".

Quincy, lleno de curiosidad, se propuso averiguar de qué se trataba todo ese alboroto. Descubrió que el tablón de anuncios anunciaba una oferta de trabajo en las montañas Cascade. Al examinar el cartel con más atención, se encontró con la frase "Se buscan leñadores". Debajo de estas palabras en negrita había otra frase que decía: "¡Los hombres de verdad saben manejar un hacha!".

Quincy pensó: "¡Esto es todo!". Las palabras de este cartel iluminaron el alma de Quincy. Sabía que, si demostraba que era un leñador, sus hermanos tendrían que aceptarlo. No había forma de que se burlaran de él cuando demostrara lo hábil que era con la herramienta. Pensó: "Si pude derribar un árbol, sé que puedo enfrentarlos".

Tan pronto como pudo, Quincy abandonó Chicago y se dirigió a las cascadas. En su viaje hacia el oeste, Quincy solía sacar su hacha para practicar sus golpes. Todas las noches se ofrecía voluntario para cortar leña para el fuego. Cuando llegó al campamento base cerca del monte Bachelor, Quincy estaba seguro de que podría vencer a cualquier leñador de la montaña.

Desafortunadamente, ninguna cantidad de práctica lo ayudaría a superar su estatura. Todavía parecía más joven que cualquier otro joven de dieciocho años en la montaña. Una vez que salió del camión, Quincy se dio cuenta de que el tormento que enfrentaba por parte de sus hermanos no era exclusivo de ellos. No había forma de esconderse de esta verdad una vez que el capataz lo vio. Quincy pudo ver que su sueño recientemente adquirido de convertirse en leñador ahora estaba en peligro.

El capataz, un hombre mayor de unos cincuenta años, miró a Quincy de arriba abajo. No había la menor vacilación en su actitud. La primera reacción del capataz al ver a Quincy fue reír, y eso fue lo que hizo. Gritó desde lo más profundo de su vientre y se sacudió tanto que tuvo que estabilizarse agarrándose la rodilla izquierda. Dejó de reír el tiempo suficiente para exclamar: "Hijo, no puedo hacer nada contigo. ¡Algunos de mis hombres tienen las piernas más grandes que tú!".

-Por favor señor, sé que puedo hacerlo -rogó Quincy-, deme una oportunidad.

La desesperación en la súplica de Quincy permitió que el capataz se apiadara de él. Nunca había visto a nadie tan deprimente como Quincy en ese momento. En lugar de despedirlo, el capataz aceptó contratarlo con una condición. Le explicó: "Hijo, no puedo ponerte en esos árboles con un hacha. Además, es probable que consigamos una de esas sierras nuevas de las que todo el mundo habla. Nunca he visto una, pero he oído que son bastante pesadas. Si te pongo en un árbol, es probable que mates a alguien. Pero dale tiempo. Si trabajas lo suficiente en el campamento, veré si puedo encontrarte un lugar en la cima".

Al oír esta oferta, la disposición de Quincy cambió. Su actitud solemne se disolvió y fue reemplazada por un fervor juvenil. Su humor cambió tanto que lo hizo agitar frenéticamente los puños en el aire. Sin dudarlo, recorrió el campamento realizando todas las tareas que le fueron asignadas.

Sus tareas consistían en afilar las herramientas, barrer los barracones y recoger toda la basura que había en el campamento. Además, después de cada comida tenía que ayudar al cocinero del campamento a limpiar el comedor. Aunque odiaba el trabajo, Quincy creía que valía la pena el esfuerzo. Cada vez que dudaba de ello, simplemente se recordaba a sí mismo: "Lo que sea necesario para manejar un hacha".

Lamentablemente, trabajar duro no fue suficiente para Quincy. Pronto aprendió una dura verdad de la vida: "la gente solo ve lo que sus ojos les permiten ver". Esta limitación es otro desafío que cada persona enfrenta cuando se le exige que supere sus prejuicios. En el caso de Quincy, nunca pudo escapar de su tamaño, los demás en el campamento no se lo permitieron.

En un primer momento, los compañeros de trabajo de Quincy lo trataron con desdén. Luego, su actitud se tornó en fastidio al verlo trabajar incansablemente en el campamento. Finalmente, se convirtieron en diversión. Los otros leñadores se encargaron de dificultarle sus tareas lo más posible. Disfrutaban perversamente viendo cómo sus hombros se encogían cada día a medida que le causaban más problemas en el campamento.

Unos pocos se han esforzado por hacer que el campamento fuera más desordenado de lo habitual. Este acto horrible se llevó a cabo para conseguir unas cuantas risas durante el día. Sus esfuerzos fueron aún más allá al realizar trucos horribles a expensas de Quincy. Nunca dejaron pasar la oportunidad de untarle grasa en el mango de su escoba o meterle piedras en los zapatos.

A pesar de este tormento, Quincy hizo todo lo posible por controlar sus emociones. Sin embargo, cada vez que la tripulación ascendía a la montaña, se encontraba apretando más el mango de la escoba. Al caer la noche, Quincy podía sentir lo agotada que estaba su energía. En lugar de darse por vencido, comprendió las consecuencias de regresar a la granja de su familia. Esa realidad pendiente era lo único que lo mantenía comprometido con sus deberes.

Desafortunadamente, la tripulación encontró algo que podía quebrantar su espíritu. En el pasado, sus hermanos le habían dado un apodo terrible y, de alguna manera, ese nombre se abrió camino en el campamento. Quincy creía que el apodo "Incy Quincy" se comportaba más como una sanguijuela con intenciones depredadoras que como una frase burlona.

Quincy ya estaba harto. Quería creer que el capataz le daría una oportunidad, pero la mayoría de los días no se daba cuenta de que lo estaba haciendo. Comprendía que la única manera de seguir adelante era tomar su hacha y talar el árbol más alto que pudiera encontrar. Después, el capataz tendría que darse cuenta de que lo estaba haciendo.

Por la noche, Quincy elaboró su plan de acción y recorrió el campamento robando todo lo que necesitaba para la mañana siguiente. Llegó a la conclusión de que era vital que se marchara lo suficientemente temprano para evitar que alguien lo viera. Si lo veían, podrían intentar detenerlo.

Cuando llegó la mañana siguiente, Quincy cogió sus cosas y se escabulló del campamento. Desde que lo contrataron, Quincy había oído a algunos de los hombres hablar de un árbol monstruoso cerca de la cresta de la montaña. Supuestamente, un par de hombres habían intentado talarlo, pero la corteza era tan gruesa que partió sus hachas en dos. Se corrió la voz y se determinó que la ubicación del árbol dificultaba retirar parte de su estructura, lo que llevó al capataz a la conclusión de dejarlo así.

Antes de partir, Quincy recordó esta historia y decidió que ese era el único árbol para él. Si alguna vez iba a obtener el respeto que necesitaba, necesitaría un árbol como ese. Se quitó la gorra y salió en busca de ese coloso.

A cada paso que daba hacia la montaña, Quincy se fijaba en el aire. Cada cien pies que daba, el aire se volvía más ligero y más fresco. El ascenso a la montaña le hacía arder los pulmones. Quincy parecía tener dificultades para respirar.

Mientras intentaba tomar la mayor cantidad de aire posible, Quincy no se dio cuenta del efecto que el aire estaba teniendo en sus mejillas. Se le formaron callos en la piel, tensando la zona alrededor de los pómulos. Además, el aire gélido encontró una manera de agrietarle el labio inferior. No fue hasta que el sol se asomó por el borde de la montaña que su expresión depilada se desvaneció, lo que le permitió recuperar el movimiento completo de su rostro.

Afortunadamente, una vez que el sol atravesó el cielo, Quincy lo encontró. A cien metros de distancia, en el claro, estaba el árbol más grande que había visto en su vida. Se apresuró a ir tan rápido como sus piernas lo permitieron.

Una vez que llegó a la base de este árbol, no podía creer cómo se extendía hacia el cielo. Era como si el árbol fuera el único capaz de igualar en tamaño a la montaña.

Mientras caminaba alrededor de su base, Quincy se esforzaba por dar cuenta de sus pasos. Varias veces tropezó con las raíces extendidas. No ayudó que apartara la vista del lugar al que se dirigía, distraído por el gran tamaño del enemigo que permanecía en el suelo frente a él.

Después de dar un par de vueltas alrededor de la base, Quincy intentó contar la cantidad de pasos que dio al rodear el tronco. Perdió la cuenta después de cincuenta. En lugar de perder más tiempo midiendo la base, Quincy centró su atención en localizar una rama que lo ayudara a escalar el árbol. La rama más baja que encontró todavía estaba a un metro de su alcance.

Quincy se negó a darse por vencido y agarró varias rocas. Después de apilarlas una sobre otra, Quincy logró llegar a la cima de su montaña improvisada, pero aún le faltaba la rama. Le parecía que, hiciera lo que hiciera, no podría alcanzarla.

En ese momento, una brisa fresca sopló entre las ramas. Quincy estaba seguro de que el sonido que salía de las agujas susurrantes era el de una risa. Era como si el árbol estuviera disfrutando de su fracaso. Una vez más, el viento sopló a través del árbol provocando el mismo sonido. Esta vez, Quincy escuchó a sus hermanos, burlándose de él una vez más.

Aunque estaba furioso, su cuerpo estaba agotado. Entre su escalada a la montaña y el fracaso en su último intento por alcanzar el árbol, el cuerpo de Quincy parecía rendirse. Se sentó en una de las raíces y lloró durante un rato.

Cuando se le secaron las lágrimas, Quincy concluyó: "Tal vez todos tengan razón, yo soy 'Incy Quincy'". Se escabulló de nuevo hacia el árbol, con la esperanza de que de alguna manera lo envolviera en su marco. Sabía que su oportunidad de demostrar su valía se estaba desvaneciendo y no había nada que pudiera hacer al respecto.

Fue en ese momento, entre arrebatos, cuando Quincy vio una luz que destellaba debajo de él. Al principio, no le prestó atención. En lugar de perseguir la fuente de esa luz, decidió concentrarse en su dolor. Una vez más, un único destello de luz rompió su concentración. En lugar de ignorar el destello, Quincy intentó localizar de dónde provenía.

Después de limpiarse los ojos de las lágrimas que aún quedaban, Quincy centró su atención en un prado que se encontraba debajo del árbol. Entrecerrando los ojos, supuso: "Debe ser un estanque o algo así".

En lugar de dejarse llevar por la compasión, Quincy pensó que lo mejor sería buscar la fuente de esa luz. Para su sorpresa, no era un estanque ni un trozo de metal en el claro. No, ¡era una flor! Una única flor dorada.

A Quincy no le importó mucho la flor, su atención se mantuvo en ese árbol. Sin embargo, cuando se alejó del tronco, había algo en la flor que captó su atención.

A medida que se acercaba, Quincy pudo ver que los pétalos de la flor estaban impregnados de colores rojo, naranja y amarillo, lo que le daba el aspecto más singular que jamás había visto.

Atónito por su presencia, Quincy miró para ver si había otras flores como esa. Curiosamente, no solo no había flores similares, sino que no había flores de ningún tipo alrededor. De alguna manera, esta flor quedó aislada y sola, en lo alto de esta cordillera. A Quincy le parecía poco probable que esta o cualquier otra flor pudiera haber sobrevivido en este clima gélido, pero allí estaba. Quincy tenía que ver qué hacía que esta flor fuera tan especial.

Se agachó y examinó la flor de un lado a otro. A primera vista, la flor no parecía especial. Aparte de los colores y el aislamiento, nada parecía diferente en ella.

Quincy, que quería saber más, se acercó y olió la flor. Su fragancia desprendía un olor espléndido que no podía reconocer. El aroma era tan único que olió tanto como su nariz pudo. Ocurrió algo curioso: Quincy inhaló tanto que una masa de polen le subió por la nariz y le hizo estornudar.

Mientras estornudaba, una pequeña hada apareció frente a él y decidió sentarse en uno de los pedales. Aunque el hada no podía ser más grande que su pulgar, Quincy pudo distinguir algunas cosas de esta figura. Su cabello era de un tono castaño rojizo; que parecía capturar la luz del sol, lo que dificultaba concentrarse en su paradero. Aunque pequeña de estatura, su figura se parecía a la de su madre.

Confundido al ver al hada, Quincy se sentó y miró fijamente. Fue el hada quien habló primero: "¿Qué estás haciendo aquí?

Quincy podría haberle preguntado lo mismo, pero en lugar de eso respondió: "Estoy aquí para talar este árbol".

-¿Por qué querrías hacer eso? -preguntó el hada.

-Para demostrar que soy un hombre -respondió Quincy.

-Esa es una razón tonta -comentó el hada.

-Tú eres el único que habla. No eres más que un hadita tonta. Probablemente ni siquiera seas real -se burló Quincy.

-¡Soy demasiado real! -gritó el hada-. Y para demostrártelo, te concederé un deseo.

"¿Un deseo? ¿Puedes hacerlo?", preguntó Quincy.

-¡Por supuesto! Cualquier cosa mágica puede concedernos un deseo -explicó el hada.

"¿Por qué uno?", preguntó Quincy.

"Esta flor solo tiene poder mágico para pedir un deseo. Después de concederla, habrá que plantarla en otro lugar", añadió el hada.

-Entonces, ¿la flor es la que tiene el poder? -cuestionó Quincy.

"No exactamente... somos iguales, la flor y yo. La flor obtiene su poder de mí y yo de ella. Al conceder un deseo, una parte de ese poder desaparece; se pierde en algún lugar de la tierra. Así que tendré que seguir adelante y encontrar un nuevo lugar para plantarla", compartió el hada.

"Si tienes que moverlo, ¿por qué me concedes un deseo en primer lugar?"

El hada sonrió levemente, demasiado sutil para que Quincy la viera. Respondió: "Creo que es hora de seguir adelante. Si la gente viene aquí a talar árboles sin ningún motivo, entonces es hora de que encuentre un nuevo lugar al que ir".

-Muy bien, hagámoslo entonces -anunció Quincy.

-¿Estás seguro de que sabes lo que quieres? -preguntó el hada.

"Sin duda", proclamó Quincy, "me han molestado toda mi vida y estoy dispuesto a pedir lo único que haga que todo esto se detenga. Deseo ser más alto y más fuerte que cualquier hombre, ser lo suficientemente grande como para que la gente tenga que respetarme y temerme. Si tuviera eso, entonces tal vez la gente finalmente me dejaría en paz".

Lamentando oír sobre sus desgracias, una parte del hada quería evitar que Quincy cumpliera el deseo que estaba a punto de pedir. Ella preguntó: "¿Estás seguro de que eso es lo que quieres?"

"Sí, estoy seguro. Toda mi vida me han molestado y quiero que todos me dejen en paz", declaró Quincy.

De repente, de la flor surgió un destello. Cuando Quincy ajustó la vista, tanto el hada como la flor habían desaparecido. Quincy, curioso por ver si había sido una alucinación, miró a su alrededor con la esperanza de encontrar algo que le indicara que era real. Desafortunadamente, todo parecía igual. Molesto y decepcionado por el resultado, Quincy decidió que era hora de volver al campamento.

Era mediodía cuando Quincy regresó. Todos los que estaban allí ya se habían ido al bosque. En lugar de enfurruñarse, Quincy decidió que lo mejor para él era volver a sus tareas. En el comedor estaban la escoba junto con el trapeador y el balde. Ocurrió algo extraño cuando Quincy fue a buscarlos: no podía pasar por la puerta. Quincy intentó entrar desde otro ángulo, pero fue inútil.

Confundido, Quincy hizo todo lo posible por averiguar qué estaba pasando. Entonces recordó su deseo y pensó: "¿Es posible? ¿Se hizo realidad mi deseo?". Tuvo que verse en un espejo. Corrió al baño, pero no cabía.

Mientras estaba en el campamento, comenzó a caminar de un lado a otro, pensando en su próximo movimiento. "Mi catre", murmuró, "sé lo grande que es mi catre, si me acuesto en él lo sabré".

Corrió hacia su tienda, pero mientras intentaba desabrochar las solapas, Quincy notó sus dedos. De alguna manera eran diferentes. ¡Ahora eran peludos! Mientras buscaba los botones entre sus dedos, Quincy pudo escuchar que alguien regresaba hacia el campamento. Se apresuró a ver quién era.

Muy pronto apareció la persona: ¡era el capataz! Quincy recordó cómo a menudo regresaba al campamento una vez que había puesto en orden a los demás leñadores. De las cien personas que se encontraban en ese campamento, era al capataz a quien Quincy esperaba ver.

Corrió hacia él creyendo que el capataz confirmaría su sospecha, posiblemente subiéndolo a uno de los árboles con el resto de la tripulación. Una vez que Quincy pasó por el comedor, el capataz lo vio. Su rostro se desvaneció de terror. Quincy dejó de correr, temiendo que algo feroz lo estuviera siguiendo.

Cuando se dio la vuelta para mirar hacia atrás, el capataz comenzó a alejarse sigilosamente para no alarmar a Quincy. Después de revisar el área circundante, Quincy no pudo ver nada que pudiera hacer que el capataz se congelara de esa manera. Se volvió hacia él y vio que el capataz intentaba alejarse.

Quincy dio un paso adelante y el capataz gritó: "¡Alto! No te acerques más. ¡Te lo advierto!".

Quincy pensó que estaba bromeando. Mientras seguía caminando hacia él, el capataz se agachó, recogió una rama caída y la sostuvo como si fuera un hacha. Si había algo que el capataz sabía hacer, era manejar un hacha. Quincy se detuvo.

Decidió que lo mejor era hablar con el capataz. Empezó diciendo: "Greeaguaguea". "¿Qué fue eso?", pensó.

Lo intentó una vez más: "Buaaawguaagh".

¿Tonterías? Quincy estaba diciendo tonterías. Frustrado, Quincy rugió. Su voz atronadora recorrió la cordillera alarmando a los demás leñadores. Temiendo lo peor, bajaron de sus perchas y se apresuraron a regresar al campamento.

Mientras Quincy seguía gritando con su lengua recién formada, el capataz se acurrucó como una bola y se tapó los oídos para protegerse del estruendoso ruido que reverberaba en la garganta de Quincy. Cuando terminó de gritar sus frustraciones, el equipo ya había llegado y se tiró al suelo del bosque, incrédulos ante lo que veían.

Algunos de los miembros de la tripulación retrocedieron, suplicando a Dios, con la esperanza de que los librara de esa terrible bestia. Cuando Quincy examinó su reacción, supo que la magia del hada había funcionado. Contó el deseo que había pedido y recordó que había deseado ser más alto y más fuerte que cualquier hombre. Insistió en sus pensamientos, buscando cualquier otro aspecto del deseo que pudiera haber pasado por alto. Entonces recordó que había deseado ser respetado y...

Le tomó un momento, pero Quincy se dio cuenta de que deseaba que todos le tuvieran miedo. Miró al grupo de hombres que se acobardaban frente a él y comprendió cómo esa última parte del deseo lo había transformado en lo que fuera que se había convertido.

"¿Qué me hizo?", cuestionó.

¿Qué, en efecto? Sin saber las consecuencias que le aguardaban por pedir semejante deseo, Quincy se disparó y se elevó por encima de todos los que estaban en el campamento. Sin una cinta métrica, nadie podía estar seguro de la altura de Quincy. Parecía medir más de dos metros. Su rostro y su cuerpo estaban ahora cubiertos de pelo. En lugar de poder explicarse, todo lo que sus compañeros de trabajo podían oír eran sus rugidos ensordecedores.

El ruido que salía de su boca les retorcía el estómago y les debilitaba las rodillas. Pronto, uno de los hombres habló y dijo: "Hombres, ¿qué estamos haciendo? ¿Por qué estamos aquí parados con nuestras hachas como niños pequeños? ¡Levantemos la posición de hombres y acabemos con esta bestia!"

Otra voz gritó: "¡Tiene razón, somos cien y él uno! ¿Por qué deberíamos tener miedo? ¡Matémoslo antes de que él nos mate a nosotros!".

Ni una sola voz se opuso a estas sugerencias. El grupo de leñadores se puso de pie de un salto y vitoreó al unísono. Aturdido por esta repentina revelación, Quincy supo que le quedaba una opción, así que corrió. Corrió tan rápido como sus piernas lo permitieron.

Sorprendentemente, era bastante ágil para su nuevo tamaño. Su cuerpo lo llevó más lejos y más alto de lo que cualquier leñador estaba dispuesto a llegar. Una vez que estuvieron fuera de la vista, se detuvo y reconoció dónde estaba. Debajo de él estaba el árbol que intentó talar esa mañana. Caminó de regreso hacia el prado donde vio la flor por primera vez.

Una vez allí, Quincy admitió a regañadientes que la flor ya se había ido. En lugar de darse por vencido, siguió hacia el prado, con la esperanza de que el hada se estuviera burlando de él; tal vez dándole una lección. Cuando el prado apareció a la vista, no había ni una sola señal de la flor.

Quincy cayó al suelo y lloró de agonía. Su corta existencia en la tierra ha estado plagada de todo tipo de burlas y tormentos, ¡y ahora esto! En toda su vida nunca se había imaginado hacer algo tan estúpido. Se tumbó al lado de donde una vez estuvo la flor, mirando hacia el cielo. Bajo el sol del mediodía, Quincy reflexionó sobre sus decisiones. Se preguntó por qué había abandonado su hogar. Quincy retorció sus pensamientos sobre las cosas que extrañaría. Su agitación aumentó tanto que todo su cuerpo tembló hasta el suelo debajo de él. Mientras su cuerpo yacía donde estaba, Quincy lamentó su vida perdida. Se escabulló mientras observaba el sol cruzar el cielo.

Al caer la noche, Quincy sintió las gotas de lluvia golpearle la frente. Sin ningún otro lugar adonde ir, decidió que su mejor opción para refugiarse era el árbol que había intentado talar ese mismo día. Se quedó allí, debajo de sus ramas extendidas, y se sumió en un profundo sueño.

A la mañana siguiente, con el sol naciente dándole en la espalda, Quincy se despertó y encontró un estanque donde antes había estado el prado. El último día pasó tan rápido que Quincy no se dio cuenta de que había ignorado las súplicas de su cuerpo por comida y agua. La vista del estanque le recordó lo sediento que estaba.

Mientras se arrodillaba cerca del borde, Quincy enterró su rostro en el agua de la montaña. Después de tragar toda el agua que su cuerpo pudo soportar, Quincy se sentó allí, colocando sus manos sobre su regazo, tratando de averiguar qué sería lo siguiente.

Una vez que las ondas se calmaron en el estanque, Quincy vio lo que el hada le había hecho. Cayó del agua avergonzado. Hasta ese momento, nunca había considerado lo desfigurado que estaba su rostro.

Sabía que no había forma de que pudiera regresar al mundo de los hombres. Una vez que lo descubrieran, lo perseguirían o lo estudiarían. Desafortunadamente, su mejor opción era permanecer escondido entre los árboles.

Fue entonces cuando un pensamiento le llegó a la mente: "El hada. ¡Ella hizo esto y podría deshacerlo! Ella nunca dijo que solo me habían concedido un deseo".

Una sensación de propósito se apoderó de él. Si alguien podía arreglar lo que había sucedido, era ella. Quincy ahora está convencido de que el hada podría salvarlo.

Con un firme sentido de resolución como guía, Quincy se propuso descubrir el paradero de la flor dorada. Encontrar una flor en un mundo tan grande como el nuestro no es una tarea fácil. Algunos han visto a Quincy vagando por aquí y por allá. Otros están convencidos de que es un mito. Sin embargo, hasta el día de hoy, Quincy sigue buscando deshacer lo que ya se ha hecho.

Michael J. Egbert comenzó su carrera como escritor desarrollando estrategias de marketing y comunicación para pequeñas empresas. Su amor por la escritura comenzó en su alma mater, la Universidad Tecnológica de Utah, donde estudió comunicación humana. Michael continuó su educación inscribiéndose en un programa de maestría en la Facultad de Comunicación y Periodismo de la Universidad del Sur de California Annenberg.

Michael está casado con su novia de la universidad, Delight. Juntos residen en Las Vegas, Nevada, con sus tres hijos.